方方蛋外国儿童文学馆

U0659866

别担心
我的朋友

NE
ТРЕВОЖЬСЯ
ПОДРУЖЕНЬКА

阿尔伯特·哈桑诺夫　著

沈灿星　译

山东城市出版传媒集团·济南出版社

图书在版编目（CIP）数据

别担心，我的朋友 /（俄罗斯）阿尔伯特·哈桑诺夫

著；沈灿星译. -- 济南：济南出版社，2017.7（2019.1重印）

（方方蛋外国儿童文学馆）

ISBN 978-7-5488-2631-6

Ⅰ．①别… Ⅱ．①阿… ②沈… Ⅲ．①儿童小说—中

篇小说—俄罗斯—现代 Ⅳ．① I512.84

中国版本图书馆CIP数据核字（2017）第140356号

责任编辑　雷　蕾
特约编辑　董树丛
封面插图　王桃花
内文插图　张　奕
装帧设计　焦萍萍

出版发行　济南出版社
地　　址　济南市二环南路1号
网　　址　www.jnpub.com
电　　话　0531-67883204
经　　销　各地新华书店
印　　刷　山东省东营市新华印刷厂
开　　本　145毫米×210毫米　32开
印　　张　3.375
字　　数　42千
版　　次　2017年8月第1版
印　　次　2019年1月第3次印刷
印　　数　6001—9000册
定　　价　20.00元
发行电话　0531-86131730 / 86131731 / 86116641

（济南版图书，如有印装质量问题，请与出版社联系调换。电话：0531-86131736）

一

很久很久以来，我把祖母的光辉形象想象成我儿时的父亲、母亲、忠实的朋友和睿智的导师。在我们的语言里称祖母为达瓦尼。

只要天气刚变冷结冻，祖母和我就把其他的活儿放在一边，开始编结树皮鞋（也译作草鞋）。好像是为了编结得更快一点，为了让双手动作更灵便点，我们用鲜嫩的椴树内皮每人先给自己编一双。然后夜以继日地努力工作，

将编好的鞋子分赠给亲朋好友、邻居。整个纽
那尔列村的人都能穿上了。纽那尔列的意思就
是手艺人村（俄语叫作列缅斯良卡村）。村里
住着手艺人。

人们常会说做某事不复杂，简单得跟编树
皮鞋一般。其实这可是一件细致的活儿，要把
树皮编成鞋嘛！没有熟练的技巧，编成的鞋也
套不进鞋楦的，而且双手还会磨起泡来。不管
怎么样，我还是要对你说，这活儿干起来还是
叫人感到非常愉快的。这需要多么灵活的构思
和技能啊！这一双树皮鞋，如同人一样，面目
各不相同：有的垂头丧气，有的心情愉快，活

泼好动。我不知道，也许这取决于刮下内皮的那棵树吧，因为它本身就是乐呵呵的。

有时编好了的树皮鞋简直就像古老童话中的洋娃娃。它那椴树的脸儿在你的手中微笑，抖动着，好像请求让它跳舞一般。而当它被主人穿在脚上时，那会是怎样呢？我总是把它们编成各种各样的。我觉得这样更有趣味。我甚至对自己说，我面前不是一双双树皮鞋，而是有生命的东西。每编织完一双鞋，我就把它排列放好，开始同它说话，开玩笑。而它们挤眼睛，我仿佛感到它们也向我做鬼脸，伸舌头。最漂亮的编得最好的树皮鞋在我面前活像羞羞答答的小姑娘。我欣赏它。有时竟不敢相信这是出自我手中的活儿，我高兴得直想跳舞。

我和我的达瓦尼就这样整个冬天坐在家中的炉火旁编织她说的"皇帝的鞋子"。我们有许多活儿要干。不知不觉中冬天即将过去，窗外沉重的水珠滴在土台上，击得粉碎。看来可以让弯曲的背部休息休息，聊聊天了。但是那

时候日子挺难过，前方在打仗。我们整天劳作，天也越来越长……

从鞋楦（制鞋时所用的模型，多用木头做成）上取下的树皮鞋发出蜂蜜、林中马林果和青草的香味。达瓦尼轻轻地敲打鞋楦，放在椅子边上挤压，然后递给我说：

"孙儿，我的飞毛腿，到萨耶斯基内依家去，让他们高兴高兴，你知道他们的近况……"

是的，我知道。这是本地区有名的鞋匠的家。他家做的平底软皮鞋在我们地区之外也很有名气。而现在在自己的农舍里却找不出一双结实的鞋。他们家有七个孩子，一个比一个小。祖母告诉我，孩子们的母亲塔斯基里亚整日在农场中干活。一家之主、巧手鞋匠哈菲兹大叔在最近寄回的一封信中说他上前线了。已经好几个月了，一点音讯也没有。

列缅斯良卡村没有遭到轰炸，但战斗的回声却能听见。上星期一连送到村里好几封阵亡者通知书。我们的邮递员、本地区头号美人瓦斯费亚，以前她是每个家庭都欢迎的客人，而现在人们都躲着她，就是请她进屋也小心翼翼，生怕带来不幸的消息。只要瓦斯费亚带着沉重的邮袋在谁家的门前停下，那家人的心就紧缩起来。

战争给我们列缅斯良卡村带来许多灾难。例如加雅兹大叔，他曾经是一位勇士，力大无比，在许多次联欢会的比赛上取得胜利。前几天他

别担心，我的朋友

回来时失去双臂，连马合烟也要他那位大声说话、做事慌里慌张的纳吉玛大婶来替他卷。她弄不好卷烟，于是她就骂开了，把马合烟草撒在地上。加雅兹大叔除伤残外，还受了脑震荡，他骂她浪费了宝贵的烟草。

我们继续干自己的活儿，从成捆的材料中挑选所需要的做准备工作。我看着长凳底下放

着几双树皮鞋，现在要把它们分送出去。一双给本地区出名的羊毛梳理手库尔班诺夫。在以往和平的日子里，在最佳季节，他甚至能把乱成一团的羊毛梳理成松软的绒毛。我要去让他高兴高兴。同样的一双送去给手艺高超的木匠阿达舍夫家。然后去雅库舍夫家，我们村每家烧的炉子都是他们砌的。再往下按顺序是铁匠里斯旺家、拖拉机手沙依杜卡家、修屋顶的达夫列特什家。达夫列特什是村里的优秀手风琴手。这些人都离家很远，正在保卫我们的村庄和我们伟大的国家。

我们的村庄坐落在卡梅什林卡河陡峭的风景如画的岸上。在它的小河湾里生长着郁郁葱葱的芦苇。在辽阔的浅水滩上，成群的银灰色红鳍的鱼儿和喜鹊在嬉戏，而在河流的深涡处有肥大的鲶鱼。

听老人们说，第一个到卡梅什林卡河来的是我祖父的曾祖父阿卡那伊。他有七个儿子，他教他们干各种手工活，在这块新的土地上生

活得非常好。我们的列缅斯良卡村就是这样诞生的。村里有三百多户人家，祖母把每一家人都看作亲人，关心每一个家庭，总想对他们有所帮助，这正是我们为整个村子编织树皮鞋的缘故。

我常想达瓦尼只是我认为上了年纪的老祖母，可她却是个身体硬朗、精力充沛、不知道什么是疲倦、一刻也闲不住的老奶奶。她用一块清洁的口袋将一双双可爱的小树皮鞋包好，动身到图古谢沃去了。这是一座不大的俄罗斯人的小农庄，离我们只有一公里半到两公里远。她的知心女友费克拉奶奶住在那里，自然啰，每一次都是我陪着她去。

图古谢沃有一座很大的采石场。周边村子的居民自古以来在那里开采石材来建造房子、仓库和粮仓的基地。从前我的祖父，我得承认，我并不记得他，也曾在那里采石建我家的房屋。他在那里与费克拉奶奶的丈夫做了朋友。如果有时被事情耽搁到深夜，他就留宿在他们家过夜。

祖父和费克拉的丈夫早已不在人世，而他们的遗孀还和先前那样亲密无间，常来常往。把她们联系在一起的是同一天同一辆专列把她们的儿子——我的父亲和费克拉奶奶的儿子尼古拉叔叔送往前线。

尽管她们有着多年的友谊，可我的达瓦尼一点也听不懂俄语，而费克拉奶奶也和她差不多，也许顶多知道十来个鞑靼语中的词儿。可是只要她们碰到一块儿就会形影不离。说真的，她们无须交谈，彼此就能理解。只要达瓦尼刚想开口，费克拉奶奶就知道她想说什么或需要什么。她们互相敞开心扉而无须任何翻译。

达瓦尼刚想问尼古拉叔叔的情况，费克拉奶奶就伸手从神龛（kān）里拿出一封彩色的折成三角形的信来。她用双唇亲吻这封信后递给我祖母。这一切不言而喻，说明尼古拉叔叔还活着。他还有信寄回来。虽然次数不多，可还是给费克拉奶奶阴沉寒冷的日子带来春天和节

日的气息。我祖母手中拿着这封信，脸上为好朋友绽放出愉快的笑容。

　　然后费克拉奶奶收起信，问我的祖母。祖

母悲伤地摊开双手说："没有，我的亲人好久没有来信了。"费克拉奶奶拥抱着达瓦尼，她想安慰我祖母。

"别担心，我的朋友，"她亲切地说，"前方很困难，想写信并不是都能写成的……"

达瓦尼点点头，表示明白她的话。

费克拉奶奶很快就烧好茶。我们喝着用草（那年头谁家也没有茶叶）熬制的香喷喷的热汤，嚼着清脆的甜菜干。

喝完茶后我们准备回家，她挽留我们住下。我们三人睡在温暖舒适的暖炉和墙板之间的高高的板床上。我并未立即入睡，而是谛听着屋内的各种声音。每一家都有自己的声音，自己的气味。这里烟囱里风刮起来的声音好像拖得特别长。蟑螂在炉灶后面爬行，从黑暗的角落里传来蟋蟀刺耳的叫声。

过了不到一个星期，费克拉奶奶来我们家做客。她从编织的小篮子里将一罐罐酸白菜、腌渍黄瓜和蘑菇放在桌上，另外还有专门给我的两三只圆圆的、黄褐色的芜菁。我当时把它们当作糖果，甜甜的味道。

篮里的东西都拿出来以后，她马上把目光

投向桌子上方钉在墙上的搁板。有信来吗？我的祖母默默地垂下头。但是过了一分钟她就完全变了，她从包了铁皮的木箱中拿出漂亮的亚麻头巾给我披上，让我去看看鸡窝。我回来时，她已经在摊薄饼了。平底煎锅在炉子上发出吱吱的响声，整个屋子弥漫着好闻的香味。喝茶时费克拉奶奶对薄饼赞不绝口。我的祖母为能款待自己的朋友而高兴极了。

送走费克拉奶奶，我们抓紧时间编织树皮鞋。过节似的心情久久地留在我们中间，因为我们不是每天都能喝茶吃薄饼的。

我的祖母脸色发红，俯身在鞋楦上，双手在椵树内皮上移动，将它排列成经线。今天编织的一批鞋中有一双我们必须编结得特别牢固，那是给我妈妈的。战争初期，妈妈在地区教育部担任领导联络。孩子们的父亲在前方作战，他们的孩子在后方应当有书读。于是我妈妈必须走遍这整个庞大的地区。一星期只能回家一次，洗洗澡，换换衣服，走时带上我们编的两三双鞋。

上回妈妈同村苏维埃主席一块来，他们走了好几个村庄，为前线收集御寒的衣物。

一辆轻便的雪橇，由一匹有花斑的小马慢慢地拉着，眼看着就装满了衣服。有人往里面递上一双毛袜、手套，有人送上一件绗（háng）过的背心，让战士穿在粗呢大衣里面会暖和一些。所有的东西在寒冷的战壕里都用得着。雪橇已经装得满满的，而人们还是从家里出来赶着朝着它跑去。每个人都相信他的微薄的贡献多少能帮助前线战士坚守阵地，战胜敌人。

在送父亲上前线的那天，他把我叫到跟前，把他的那顶新皮帽送给我。

"你戴上它吧，儿子。"他叹了口气说，并把我拥在怀中。"人的一生中可能发生各种各样的事，望你能记住我。你好好地戴这顶帽子吧！"

这顶帽子是用狼皮做的，很大，毛茸茸的，很暖和。我试了试，立即感受到一种熟悉的、

亲人的、没有什么东西可以与之相比的父亲的气息。不，我一回也没有戴着它上街，我害怕这种气息会消失，会在家门槛外散去。

现在我第一次把它拿出家门，我把脸深深地埋入帽中，长久地站立着。没有力量向前跨步，一动不动地站着。当传来雪橇向前移动的滑走声时，我追上它，把皮帽放在经过鞣（ｒóｕ）制的深色短皮袄上。

我亲爱的那么会安慰人的祖母在家门口追上我。

"小孙子，你做了一件好事，好事。"她说道，并且含着泪水微笑着，"这顶帽子也许能找到自己原来的主人你爸爸呢。哦，不，任何一个人都会喜欢它。它会给任何一个现在正同你爸爸一起作战的人带来温暖。我将向真主祈祷，让这顶帽子不仅为战士御寒，还能让他们避开敌人的子弹……"

有时我常常能听到这样的祈祷，如果可以这样认为的话。记得有一年的十二月份，天气

别担心，我的朋友

非常寒冷。夜晚暴风雪肆虐，白天静悄悄的，只是房屋的墙壁由于严寒发出噼啪的响声。我的祖母走到炉灶后面慢声细语地说道：

"我在这世上也活了不少日子啦，可是这样寒冷的天气还是第一次遇到，感谢你真主听到我们的祈祷，惩罚凶恶的敌人。把他们冻得更厉害些。让他们一个个变成大冰块儿！我知道你的力量是无穷的……"

然后祖母走到我们挂斯大林肖像的地方继续说下去：

"你也不容易，斯大林同志，我一切都看在眼里，我什么都明白，魔鬼把庞大的军队推向我们。但是我相信你会打断这可怕野兽的脊梁骨，战胜凶恶的敌人。真主保佑你健康，给予你一双聪明智慧的翅膀……"

一生劳碌的达瓦尼论年龄已经不能再干活了，应当休息才是。可是她不，她坚持晚上去守卫农场。农庄里人人都尊敬祖母，凡事都同她商量。战争一结束就授予她"劳动模范奖章"。

我在祖母身旁也有着自己的声望。我是家里唯一的男人嘛！当然了，她总是带着我去值勤。

我的祖母尽管精力充沛，处世精明，脾气很大，但也有她古怪的地方。在离列缅斯良卡村一公里半的奶牛场附近，按祖母的说法，是邪恶势力的老巢。也许这是她想象出来的东西，借以壮我的胆。我每次到农场来都肩负两种使命，一是保卫祖国的安全，另一个是保护奶牛。我已经把自己看作一名男子汉，我把木棍向前倾斜着当枪使。我巡视农场，警惕地察看四周，然后才走向奶牛群。农场里没有电灯，我提着煤油灯围绕着我能认得出来叫出名字的奶牛转。当我走到最后，走到聪明且雄壮的公牛盖拉特之后，我转身再去察看一群牛犊。

我们这儿南瓜的收成很好，冬天里我们喂奶牛吃南瓜。在每一头奶牛面前的木槽里放着大块大块的南瓜，其中还有许多颗粒饱满的南瓜子儿。我满满地装了一帽子，生旺炉火，直

接在炉灶上炒。炒好后分给大家吃，然后在麦秸灰中烧土豆，漫长的夜晚就这样不知不觉地过去了。早晨五点挤奶员来后我们就回家。

那几年的冬天十分寒冷。冷风刺骨，和现在不能相比，甚至连我那非常能忍耐的祖母有时也受不住，放下椴树皮，将双手伸向炉子暖和暖和，然后将后背转向炉子烤几分钟，自言自语地说：

"我们的亲人们在冰冻的战壕里，在大雪覆盖的森林和田野上，在寒冷的大风里煎熬，真主啊！请给他们力量，让他们坚强。你总是那么仁慈，这回也不要丢下他们不管。"

有一天，风雪交加，天寒地冻，我们的门厅传来轻轻的敲门声。窗外风在呼叫，起初我们并没有留意它。但这时有人在轻轻地拉门，于是祖母站起身，大步向门槛走去。她很快就在前厅消失了。我正准备冲上去找她，这时屋门打开了。从门槛上滚进来两个大雪团子，跟在后面的是我的祖母和一位裹着旧披肩的瘦削的女人。肩上背着像驼峰的背囊，把女人的腰压弯了。

祖母站在一旁，警觉地打量着来客。

近来经常有许多"外来人"迷路后到我们的列缅斯良卡来。他们是被疏散者，因为赶不上火车而来到这里。这是一些无家可归的人。他们讨一块面包，暖暖身子。凡是到我家来的人，祖母都会给他们一块面包。但是她也害怕来的人当中有手脚不干净的，他们唠叨得使主人感到疲倦时，就在主人的眼皮底下把毛披肩或帽子从前厅偷走。

带着两个孩子站在门旁的女人看来不是来讨面包的。她吃力地从背上放下背囊，将它放在门槛上，直起腰来，用僵硬的双手解去披肩，变成一位身体匀称年轻的女人，浓密的褐色头发从披肩下散落出来。两只深深凹陷的蓝眼睛疲倦无望地看着我们。

她在门槛上坐下，开始解开自己的背囊。背囊不大，只用一个小布袋加两根细背包条做

成。她的手指冻僵了，不听使唤。我靠近她，蹲下身去轻松地解开了。女人感激地看了我一眼，微笑了。我觉得她的微笑，是受尽折磨后的微笑，像她那纤细苍白的手指一样僵硬。

我看了看站在她身旁的两个孩子。他们从头到脚用布裹着蜷缩在一起，冷得全身发抖。也许是害怕吧，害怕马上又要去受冻，两双像烧红的炭粒的眼睛从头巾和围巾底下朝我看。

女人从包袱中抽出一件皮毛朝外叠好的男式皮大衣，打开它，递给我的祖母。大衣是全新的，银灰色，镶一条咖啡色山羊皮领子。她手捧大衣，急促地说着什么，不时地被话噎住。看样子她是在夸赞自己的商品。我的祖母摊开双手，表示听不懂她在说些什么。我和祖母不一样，稍微懂一点俄语。但除了会几个单词外，什么也弄不明白。只有一点是清楚的，她想用大衣换东西。这种事是很平常的。疏散出来的人什么东西都往我们的列缅斯良卡拿。什么剧院用的望远镜、带五彩羽毛的滑稽帽子、从未见过的尖头高跟鞋等。这些东西可以换两三个鸡蛋或者十个土豆。这里只是交换，不论钱的。

祖母的眼睛亮了起来。显然她很喜欢这件大衣，而且她老早就打算物色一件很好的短皮衣等着爸爸回家。

"我丈夫，我丈夫……"女人双手拿着大衣说。看来她想说明这大衣不是偷来的，而是她丈夫的。

"好，很好……"我祖母最终禁不住了，她碰了碰皮领。

是呀，祖母不光是称赞，还想要这件大衣呢。祖母和我从未见过这样的大衣。只是俄罗斯女人想用它来换什么呢？

祖母拿着大衣，仔细地看过后，把它放在长凳上。

不，这位俄罗斯女人，显然自己也不知道这件大衣能换些什么。她咬着披肩的一角，不知所措地一会儿看看祖母，一会儿看看我。她的目光最终落在长凳下面的一只空桶上。她高

兴地朝空桶点了点头，借助手势，伸开手指，又攥起来，向我解释着什么。

"她想要土豆。"我猜到了，并看了看祖母说道。要一桶土豆……太多了！当时一桶土豆能值许多钱。我把目光从祖母身上转移到我们储存土豆的地窖小门。我们的土豆确实不多了，如果祖母同意换的话，我就顺着梯子下去拿。

"好！好！"祖母重复地说着。"放弃这件东西，真是罪过，是吗？孙儿！"

我想也没想，掀开地窖的盖子，拿着桶就钻到黑暗中去。"希望爸爸早点回家，"我想着，把冰冷的土豆铲到桶里去。"多么好的大衣在等待他回来穿。全列缅斯良卡的人都会羡慕的……"

我提着桶上来，祖母从我的手中接过去，以挑剔的眼光仔细地看着。她认为拿来的土豆太小了。

"孙儿，土豆没有骨头，本身没有多大差别。有的个儿大些，有的个儿小些……"她声音不大地说着，打发我回去重新拿。"重要的是，孙儿，要做一个诚实的人，不管什么时候，也不管在哪里……只要有一回有贪小便宜的念头，以后要克制它就很难了。"

我重新从一堆土豆中尽量挑大个儿的拿。

从地窖上来后我又看到这件大衣，在温暖的屋里铺张着，变得更加蓬松，更好看了。美丽的俄罗斯女人搂着自己的孩子坐在连椅上。她解开他们的头巾。我看到的是一个小男孩和一个小女孩，女孩比男孩略大一点。

这女人看来把一切都忘却了。她坐在那里，头靠着墙、闭着眼睛。但是当我把桶放在她的面前时，她迫不及待地抓起两个土豆，用旧披肩的一角擦了擦递给了两个孩子。紧接着她又抓起一个土豆就啃起来，再次将头向后仰去。

我的祖母两手举起轻轻一拍：

"真主啊……她把我们当作什么人了？她以为我们把腐烂和上冻的土豆塞给她了……"

这时她生气地摇着头，开始夸起土豆来：

"我的土豆都是好的，是好土豆！"

那女人不听她的，吃完了一个又拿起第二个。两个孩子大口大口地嚼土豆，皱着眉头看我们。

祖母一直看着来客，不知道该做些什么，便在炉旁的小凳上坐下。接着她站起身来向茶炊（用铜、铁等制成的烧水的器具，供沏茶用）奔去，说：

"真主啊！宽恕我这个愚蠢的老太婆。真是饱汉不知饿汉饥……我让又冻又饿的人就坐在门槛上，怎么没有赶快请他们喝杯热茶！"

在祖母点火烧茶炊的那会儿，我从炉膛中把还有余温的烧土豆装满了一钵子，放在凳子上，端到客人面前。

"不要！请别，不要！"

女人坚决把凳子从身旁推开。她把生土豆吃完后，让我们看她那已经空了的包袱，想说没有东西再给了。

"来吧！来吧！"祖母点头指向桌子，邀

请我们的客人，用手势表示我们什么也不要。

祖母很快就把桌子铺好，桌边上是我家那容量很大的茶炊，已经烧开了，几只盛着土豆、蒸熟的甜菜的盘子排列在一旁。祖母给客人每人切了一小块面包。

"唉，可怜的人儿，可怜的人儿……"她一边说着，眼睛一直没有从客人身上移开，"这么冷的天，还带着孩子，哎呀，呀……"

我们的女客人稍微暖和过来后开始说话了。她称赞我们的土豆好吃。那还用说！我们是按特殊的方式在黑麦秸烧成的灰中烧熟的。这样土豆不会烧煳，也不会烧得半生不熟。

女客人摘下披肩，解开自己破旧的大衣时，我们看到她还很年轻，我还差一点把她当作老太婆呢。

两个孩子的眼睛是蓝色的，和他们的妈妈一样。从他们可爱的眼睛中看得出他们有多饿。但是他们很会约束自己，并没有向食物扑去。我得承认，刚开始我对这感到非常不可思议。

别担心，我的朋友

这位女客人小口喝热茶时，继续很快地说着什么。可惜我们听不懂她讲的话。

达瓦尼立即想起了费克拉奶奶。好像她们事先约好了的似的，或者是提到某人，某人就到。过不了一个钟头，费克拉奶奶就来敲我们的窗户了。

费克拉奶奶从不空着手到我家里来。这会儿她眼睛瞟向客人，把一罐腌渍的黄瓜放到桌子上，从口袋里掏出几把花生，放在漆面桌布上。

我的祖母不好意思地对她嘟囔着什么话，朝客人点点头。费克拉奶奶立即明白，并同他们坐在一起。他们像老朋友一样立即交谈起来。我非常羡慕地听着他们的谈话，可又听不懂。难怪我们的谚语说，懂得语言就懂得秘密。

别看祖母的茶炊容量很大，还是很快就喝完了，只好再烧一次。我们的桌旁已经有很长时间没有坐过这么多的客人了。

年轻的俄罗斯女人脸色红润起来，她变得更好看了。她的嗓音低沉、柔软，像条小溪汩泪地流淌着。费克拉奶奶尽其可能地把她的叙述都翻译过来。原来女客人是一位指挥官的妻子，丈夫在前线作战。她同孩子们从法西斯包围的列宁格勒乘坐专列疏散出来。他们要到塔什干去，已经走了两个多星期了。一路上遭到了几次轰炸，皮箱及粮食证明全都丢了。我们的列缅斯良卡村离车站只有三公里，于是他们来这里碰碰运气，就这样来到我们这里。

两个孩子在桌旁已经睡着了。祖母从高板床上抽出垫子，用它在炉旁边铺了张床。她帮着照料孩子睡觉，叫他们的妈妈也躺下睡。

"未婚妻……"女人朝自己的女儿点点头这样说，并抚摸着我蓬松的头发说了声"未婚夫……"

我不知道她说了些什么，但我明白她说的是好话。哦，那时我听不懂她的话，感到多么可惜。我是多么想了解这位女人呀！我发誓一定要学会俄语，我要让人家羡慕我懂俄语。

俄罗斯女人是一位愉快的、活泼好动的人。

费克拉奶奶离开后，她从窗台上拿了双树皮鞋，穿上一只，又穿上另一只，在镜子前站立起来，挺胸叉腰，用脚一跺，轻声笑了起来，很满足的样子。

"老天爷，多漂亮的女人呀！"祖母欣赏着这一家人，叹了口气说："要三倍地咒骂这可恶的战争！他们也有自己的家，自己的炉灶，现在他们能到哪里去呢？"

在祖母的坚持下，女人和孩子们躺在一起。孩子不时地搔痒。她感到羞愧，老想用自己的身子挡住他们，抓住他们的手。

祖母看到这一切，同情地摇摇头，说："应该好好地洗个澡，这是长虱子了。"

我们赶快去烧澡堂。祖母去生炉子，我在雪橇上放了一只不大的木桶，到冰窟窿去打水。我把水倒入锅中去时，发现祖母在认真地想着什么事儿。她机械地做着事情，默默地劈木柴，用火钩子拨弄烧着了的木柴。然后心事重重地坐在椅子上，很快又站起来，拍着手说：

别担心，我的朋友

"真主啊！我怎么没有马上想到呢，请原谅我年老不中用了……孙儿，快去，快去叫他们。"

祖母叫醒了睡得很香的女人，那女人立即推醒两个孩子。但是在带领他们去洗澡之前，祖母从衣架上取下那件皮大衣，递给我们的客人，她说："我们不要你的东西，别担心，我的朋友。一切都好，一切都好……"

这女人害怕地向后退缩。她看着祖母，眨着长长的眼睫毛，什么也弄不明白。

"孙儿，你向她解释，说我们什么也不要。说我们不能掠光饥饿的孩子……"祖母自己也慌了神似地请求我说："我们会给爸爸买一件不次于它的大衣。一定会买的，只希望他能活着，没伤没病地回来……"

我们俩勉强地对女客人解释我们归还她大衣的原因，是他们现在比我们更需要它，为这些土豆我们什么也不要。

我不知道这女人是否明白我们说的话，但

是祖母不等她明白过来就把她一家人拉到澡堂里去。祖母拿出用桦树皮编织的管帚让客人洗澡蒸浴。

按照我们的习惯，洗完澡后，我们喝奶茶，吃费克拉奶奶送来的甜菜干。

我们的女客人脸色发红，不好意思地沉默不语。祖母一直想让她快活起来，借助手势问她叫什么名字。

"维克多利亚……"女人轻声回答。

祖母很喜欢这个名字，但是她马上就把它忘了。她给女客人起了一个美丽的鞑靼语名字，叫努利亚。

"努利亚，喝吧，再喝点，"祖母给她和孩子们加了牛奶和茶，请他们再喝一些。

维克多利亚渐渐地说开了。

"到塔什干去，谈何容易……"她叹了口气说："要翻几座山，过几条河谷才能到达塔什干。走多少天也没有个尽头。看来要一辈子这么走下去了……"

祖母点着头表示同意她的看法，而这时她又紧张地想着什么。她留客人在家里过夜，安排他们在那张床垫上睡下。而当她自己躺下睡时，我好长时间听着她翻来覆去地叹息着。

第二天一早，我们刚喝完茶，祖母从木箱中拿出自己的披肩，不容分说地将它递给维克多利亚。

我们大家一起从屋里出来，在管理委员会见到农庄主席茹里哈比利亚。我祖母招呼维克多利亚带着孩子跟着她直接来到主席的办公室。女主席站起身来迎接他们。

"茹里哈比利亚，好女儿，你听我说，"祖母对她说，"这个女人是大人物红军指挥官的妻子。她需要帮助……我想最好是能从帮助红军战士家属的基金中分一些面粉、土豆、葵花籽油，一点点盐给她。还要送她和孩子们去车站。这件事我们自个儿能办到，只是需要一辆大车。"祖母意味深长地看了看我。

我郑重其事地咳了一声，好像在证实我们

家中还有男人存在。

茹里哈比利亚静静地听祖母的诉说，不时地点头，同意她说的话。茹里哈比利亚安静、稳重，她拥有主持正义和自我牺牲的品格，因而当选为主席。本来她在学校里当一名教师或者至少在幼儿园里工作都会是很好的，可是她的俄语不怎么样。她低着头，站在门旁，一会儿听祖母说，一会儿听维克多利亚说，轻轻地重复着"比克雅赫什，比克雅赫什（鞑靼语，意思是'好的，好吧'）。"

幸好，这时缺胳膊的加雅兹大叔来到管理委员会，他随身带进来的冷气弥漫在地面上。他大声地咳嗽，由于剧烈的咳嗽，大叔感到很吃力。他示意他那件旧得不能再穿的大衣的口袋，于是所有的人，当然除了维克多利亚外，赶紧张罗着替他卷烟。祖母示意茹里哈比利亚撕了一小块报纸，往纸上放马合烟丝。

加雅兹大叔深深地吸了两口烟，不再咳嗽了。他的目光此时扫向房间里的人。

"怎么样，现在没事了吧？"茹里哈比利亚坐在自己的座位上问他，"现在让我们来同这位女士谈谈，"她朝维克多利亚点点头，"我们能怎样帮助她，用什么帮助她……"

维克多利亚把自己的不幸重新叙述了一遍。加雅兹大叔用他那两截断臂夹着香烟，嘴里不时吐出一缕缕青烟，不慌不忙地、一字不漏地给我们翻译了维克多利亚所说的话。

"大家想想看，"祖母果断地打断了加雅兹大叔，"她还要受多少苦啊，还带着又小又不懂事的孩子。在塔什干她又能得到什么？难道那里有她的亲娘？让她留在我们这里，让她申请加入农庄。"

茹里哈比利亚双手捧着头考虑着。

"好女儿，这还有什么可考虑的？"祖母走到她桌前。"他们全都住在我家里，地方够用的。这样就没有什么不放心的了。"

"我们可以接受她加入农庄，"茹里哈比利亚叹了口气说，"但是她在我们这儿干什么

活呢？她会做什么？"

加雅兹大叔在女会计身旁坐下后，频频把目光投向报纸，明显是想再卷一支烟抽。

"先别抽，"祖母制止他，"看你已经抽得像一艘古老的轮船，在伏尔加河上冒烟啦，好吧，你问努利亚，也许她是一名医士或助产士？列缅良斯卡正好没有医士。也许她是一名兽医？正需要兽医呢。"

维克多利亚的回答让大家感到失望，使祖母尤感痛心。

"她会演奏多种乐器，"加雅兹大叔咳嗽着说，"在这方面……在剧院工作过……"

"哎呀——呀，这可糟了，"祖母叹了口气。对这种职业她有自己的看法。

按照她的看法，一个女人应当学会做可口的饭菜、缝衣、织补，操持家务、养育孩子，也允许妇女到学校里去教孩子，在医院里为孩子治病。

再说当时是困难时期，音乐也不能当饭吃，

也喂不饱孩子。然而我的达瓦尼并没有惊慌失措。"别伤脑筋了，"发觉茹里哈比利亚看了维克多利亚一眼，又把目光移开，祖母说，"我给她找一份工作。我教努利亚编结树皮鞋……你们都清楚村里需要多少鞋。我和伊里达尔是来不及编的。"

我们偶然相遇的客人维克多利亚的命运就这样定了。维克多利亚平静下来，搂着孩子同我们一起回家来了。她默不作声，但我以小小年纪的智慧猜到了，我明白她这是高兴呀！她高兴不用再冒着严寒拖着身子赶路，在各个车站里彷徨，痛苦地思索用什么来喂孩子。也许在塔什干很暖和，也许那里有甜甜的西瓜和其他的水果，可这毕竟很遥远啊……

我们很快就无须别人的帮助而明白对方说的话了。维克多利亚原来还是一位精明能干的女教师，平时教我和祖母学习俄语，我的俄语讲得相当流利了，祖母也不落后于我。而维克多利亚本人在来到我们家以后的几天里已经能

逐字猜懂我们说的话了。

我们友好地生活在一起。维克多利亚的第一件事就是整理屋子，把地板擦得白白的，把炉灶刷新，把窗帘洗干净熨平整。这些事情祖母总是来不及做，她和我一直在超计划地编树皮鞋。现在她对自己的助手喜欢得没个够。

"瞧她那双手是多么想干家务活呀。"祖母欣赏着，发现维克多利亚那么灵巧地熨衬衣，把衣服整齐地叠好放在床上。

的确是这样，维克多利亚手中的活做得很顺手。她学会编结树皮鞋，干得不比我们差。而到晚上，有时替换祖母，同自己的女儿罗拉去农场值班，当然少不了我陪着。

夏初是我们最困难的季节，所有储存的食物都快吃完了。粮囤空了，而到新庄稼下来还早呢。土豆皮、捣碎的磨成粉的滨藜、油渣全都拿来吃了。无论我们怎样节约着吃，还是不够。现在我们是五个人呀！不仅如此，秋天分给我们的粮食其中一半交上去作了国防储备粮。

祖母不知听农场的什么人说，用团酸模（一种植物，叶可做汤）可以熬出不错的汤，特别是如果再加上一个鸡蛋。这汤既有营养，对胃、对牙床甚至牙齿还都有益处。有人还说，如果将团酸模当食物，头脑还会变灵活。而我们只知道头晕是由于饥饿，牙床疼痛是由于食物中缺少有益的物质。有一回，我的祖母麻利地从放食品的大木箱里拿出一只刚洗净的布袋，递给我说：

"孙儿，去装一些树叶，我们来看看它有什么用处，我们来烧汤。"

到农庄的牧场并不远，那儿这种团酸模有的是。我采集最嫩的叶子，依我的看法，应该是最好吃的。布袋已经装满，我正想背着走，可是马上放到地上去。"我怎能背着它走过整个村子，人家会想到我们没有东西吃了。"我痛苦地想着。

我把布袋藏在沟壑里，空着两只手回来了。

"难道什么也没找到吗？"祖母感到奇怪。

"我正准备烧汤呢。"当她看了看我的眼色之后，一切都明白了，默默地点了点头。

天已经黑下来时我才把布袋背回家来。后来我多次往家里背团酸模，可是谁也没有看见我带着个布袋在街上走。

在炎热的夏天，所有的人，从小孩到大人，都到地里去干活。妇女们用镰刀收割成熟的麦子，我们这些男孩子捆麦秆。

有一天下了倾盆大雨，大家只好回家。

祖母和我在金刚砂上把镰刀磨快准备明天使用，然后开始烧洗澡水。维克多利亚收拾好屋子，到仓库去领面粉。这是收割期间分配给我们的，可是她没有带面粉回来，她不作声地进了家，往床上一坐，把头埋到枕头底下号啕大哭。

祖母跟在她后面进来，两手一举，拍着说："刚才还微笑来着，像太阳那么明亮……哎呀……呀，到底发生了什么事？谁欺侮你了，女儿呀！"

这几个月来祖母可喜欢维克多利亚了，称她为"我的小女儿""心肝"，对她的孩子也十分疼爱。

维克多利亚哭得喘不过气来，不说话，我们不知如何是好。这时我们的邻居来到我家。她把祖母叫到跟前，对她悄悄地很快地说着什么，还朝维克多利亚这边看着。我的达瓦尼平时总是那么安详稳重的人，这会儿简直就要气炸了。她冲进屋里，从木箱里拿出她唯一珍贵的东西，一把漂亮的用白银和绿松石做成的梳子。这是结婚时祖父送给她的，祖母穿上短衫就出去了。我稍微离开她一点，跟在她后头……

农庄仓库的粮食旁边聚集了一堆人。农庄庄员趁着坏天气前来领面粉，管理委员会按劳力每人给一公斤面粉。

面粉是由该村名叫加塔（鞑靼语，意为溜须拍马者）的粮仓主任发放的。他发觉祖母时，慌张地把量面粉的盘子滑到地上了。而祖母则一言不发地走到他跟前，紧紧地揪住他那浓密

的黑短发。

"你干什么，老太婆，发疯啦！马上放开我！"加塔大叫起来，想挣脱开，"你把我拖到哪儿去？"

祖母死死地揪住这个溜须拍马者不放，把他拖到众人面前。

"我把你拖到哪里去？你这个坏蛋，拖到澡堂里去，叫你给我搓背。"

"你耍我，老太婆，马上放开我……"

"好呀，你不要我，年轻女人要吗？"祖母松开加塔的头发，给了他一记耳光。

加塔站在人们中间，捧着自己的腮帮。应当说他是个长得相当不错的小伙子，但是天生跛脚，一条腿比另一条短，因此他未能去参军。那时候村里优秀的青年都在前线与敌人作战。加塔认为自己是年轻的勇士，美男子，自持不比别人短一头，不放过任何一次晚会，不漏掉任何一个姑娘。只要来列缅斯良卡村的不认识的外村女人，加塔就上出现在眼前。传说他和谁在澡堂洗了澡，谁谁还怀了他的孩子……

也许关于加塔的勾当远离家乡在前线的人都有所闻。因为我们的邻居迫击炮手马里克大叔在一封信中说他回来后要同加塔算账。但是前线离得很远，也不是所有的人都能回来，因此加塔不把这些威吓放在心上。可以这么说，他掌握了农庄的粮囤、仓库。他巧妙地利用这一切。

别担心，我的朋友

这时加塔想开溜，从人群中逃脱出来。但是祖母硬是挡住他的去路，说：

"你真不想同我一起去洗澡？不想去，是吧？可你想找我的努利亚。你这个粪堆里的蛆虫……你连影子都叫人厌恶。我知道你垂涎我们村里的姑娘，我没有说话。我相信她们会保卫自己，有人出来庇护她们……但是你怎敢欺侮一位无依无靠的女人？怎么说出这样的脏话？"

大家都明白祖母指的是什么。人群激愤起来，祖母的怒气也未消去……

"坏蛋，喝蜜去吧！洗澡去吧！"

加塔好不容易冲出人群，否则还不知道达瓦尼将怎样收拾他呢。

过了几天我来到仓库，加塔还做他那份工作，好像什么事也没有发生过似地把面粉发给我，他甚至还轻声地哼着小调，一句话也没说，把该给我的东西都给了。

我的达瓦尼就是这样教训了令人厌恶的、

放肆的农村奸诈之徒。"澡堂事件"之后，加塔有所收敛。关于他的不良行为的谈论也渐渐地少了。不久之后，我们的农庄主席茹里哈比利亚让他去看门，改派哈菲扎大婶去仓库工作。她是一位多子女的寡妇，性格温和，不爱说话。

维克多利亚在农庄里很受人欢迎，管理委员会常派人来找她，同她商量什么事，请她帮助起草文件等等。她成了农庄里的一名积极分子，成天待在管理委员会的非正式成员。在我家的编织树皮鞋的"生产队"里，她那两个聪明伶俐的孩子代替了她。他们很快就学会了挑选绦子和椴树内皮，学会分类和准备材料。总之，他们很机灵，给我们帮了很大的忙。当然，他们也经常争吵。祖母和我只好撂下手中的活儿，拉开他们，一会儿劝劝这个，一会儿劝劝另一个。有什么办法呢，孩子就是孩子嘛。他们俩都是蓝眼睛，像他们的妈妈。鼻子有点翘，像爸爸。他们的嗓子都很好，听力也是一样。大概都是遗传了妈妈吧。每天早晨维克多利亚和他们一

起练嗓子。"多—多—多"声音拖得很长、很响，"来—来—来"清晰响亮的声音紧接而来，"米—米—米"。而达瓦尼对这组音阶开玩笑地说："把母山羊罗斯卡也请到家里来，她的'米'叫得可好呢。"

这两个孩子很快就学会唱我们鞑靼人的歌曲和民间短歌了。这是我们的女邻居哈里玛姑姑教会他们的。哈里玛是一位身材匀称、美丽、有某些特长的姑娘。她每天都到我们家来看看，有时一天来两趟。我们的前厅有一面古老的窗间大镜子，很少有人家有这样的镜子。祖母很为它骄傲呢。哈里玛跨过门槛直接朝镜子奔去。

"纳瓦尔大婶，亲爱的，你说，难道可恶的希特勒把我们所有的骑手都杀光了吗？谁还会来抚摸我的发辫，吻我的眼睛？我并不需要勇士，只要一位普通的年轻人。也许他在战斗中受了伤，真主保佑、真主仁慈。我想要孩子，要许多孩子，满满一大家子人。纳瓦尔大婶，你告诉我，难道我命该如此，像一朵未开的小花就这样凋谢了吗？难道就没有人来拥抱我吗？"

祖母默不作声，她能回答哈里玛什么呢。事实是所有的小伙子都在前线同敌人作战。而姑娘非常想嫁人，而且是到了出嫁的时候了。

哈里玛和我并排坐在一起，她拥抱我的双肩。她那长长的浓密的发辫刺得我的颈项和面颊发痒。

"咳，伊里达尔，亲爱的，"她温柔地说："你快点长大吧，长大成为一位很好的骑手。我也许会爱上你的。你瞧，我正在枯萎，还未等到收割时节就枯萎了。"

听了这些话我满脸通红，我不知道往哪里躲。我想立即跑开去，藏到一个什么僻静的地方。在列缅斯良卡，哈里玛长得美丽和身材好是闻名的。但是她不知道我心中的秘密，不，她不知道她的小妹妹美人儿法里西娜早已占据了我的心。只要在街上一看见她，我就说不出话来，也挪不动步子。唉，要是她现在和我并排坐在

一起该多好呀！

"是呀！"哈里玛走后，祖母同情地叹了口气。"唉，姑娘多想嫁人，而小伙子们都在远方……没什么，瞧吧，明年春天战争就将结束，我亲自给她挑选一名优秀的勇士。别担心，我的朋友……"

有一天晚上，我们村的苏维埃主席穆库姆大叔顺路来到我家。他清喉咙清了好长时间才跨过门槛，然后困难地喘着气来到点着的炉子跟前，祖母紧张起来。穆库姆大叔有许多农庄的事要操心，轻易不到各家去做客。

"什么风把你吹来了，亲爱的穆库姆？我希望不是带来坏消息吧……"

祖母在椅子边上坐下，指着自己身旁的椅子让他坐下，手中仍旧拿着鞋楦和刚编结的树皮鞋。

穆库姆大叔并不急着回答，这显然使祖母更加猜疑。他把椅子朝炉子前挪近一些，身子沉重地坐下来。看得出他近来明显地衰老了，头发全白，面无血色。

"亲爱的纳瓦尔，把手中的活搁下，听我说，我来同你商量个事儿。"

"我总是非常高兴尽我所能地帮助你，"祖母回答道。她渐渐平静下来，并且严厉地看了孩子们一眼，让他们别闹。

"我感到战争一时半会儿的还不会结束，"穆库姆大叔用拳头捂住嘴咳嗽，"我常想，为了尽早粉碎法西斯匪帮，我们的列缅斯良卡能帮助些什么呢？奥廖尔和库尔斯克这两个城市还在进行浴血奋战……"

祖母没有说话，把目光从穆库姆叔叔身上移向我。我也不明白穆库姆叔叔的用意。

"必须和大家谈谈，"他抹平像刺猬的白头发，接着说："为了粉碎法西斯匪帮，需要坦克，许多辆坦克。我们村的公有财产已经耗尽了，但是我认为我们村还能捐三辆，甚至四辆给前线。"

祖母一下子从椅子上站起来。

"如果我们的列缅斯良卡村捐三、四辆坦克，那图古谢沃村是不甘落后的！"她脸涨得红红地叫喊起来。

"如果整个地区……"穆库姆叔叔接着说："简单地说吧！我们能使胜利早日到来。这就是明天我想对大家说的内容，因此来找你，亲爱的纳瓦尔，你怎么看，人们会支持我吗？"

"别担心，我的朋友。人们怎么会不支持呢！"祖母惊喜地说，"难道你还怀疑吗？亲爱的穆库姆，你谈论的是神圣的事业……把人召集起来，不要拖延！每个家庭都能拿出一些钱来，而且还不光是钱……"

祖母提到钱时，我立即明白她指的是什么。这是我们夏天攒下来的。我们卖了菜园子里的花生、草莓、葱、土茴香……想攒钱买头奶牛。我们非常想得到一头自己家的奶牛，制作奶制品……我们甚至还把这希望说了出来：我们将怎样喂养自己的奶牛，把它赶到牧群中去，傍晚在家门口再牵回来。这时我明白祖母想的正是这笔钱呢。

　　穆库姆叔叔又咳开了。他站起身子时，我看见他的手帕中有几滴深红色的血迹。

　　"咳，不知道爱惜自己的身子……"祖母叹了口气，在他走后关上门说，"他也不去医院治疗，在家里是治不好病的，老是东跑西颠的……"

别担心，我的朋友

二

那时候在列缅斯良卡村还没有收音机，而区里大量发行的小报，瓦斯费亚一周也只送来一次，因此关于前线的情况、世界各地的事件我们只能从穆库姆叔叔口中得知。我们总是焦急地等待他有时在管理委员会，有时在阅览室小屋里做的形势报告和座谈。这一次在管理委员会聚集的人要比通常的多。人们占据了靠墙的连椅，坐在门槛上或直接席地而坐。

穆库姆叔叔宣读了最新通报，用手帕擦去渗在额头上的汗珠，目光扫视出席人员。人们早就了解和热爱自己的农庄政委，这时也明白他想说什么重要的事情。

"同志们，大家都知道，第二战线至今还未开辟，"穆库姆叔叔边把文件收入破旧的图囊中边说，"我直说了吧，我们的外国同盟军的帮助不太得力。这就是说只能依靠自己的力量。"

我听着穆库姆叔叔说的话，悄悄地触摸我胸前绒背心下的纸包，那是我们走出家门时祖母给我的，里面放着我们的钱。

"我们只有勒紧裤带，我的亲人们，"穆库姆叔叔继续说，"代表我们在前线作战的兄弟、丈夫和父亲们，代表孤儿寡母……我建议用武器来支援红军。让两辆、三辆、四辆坦克从我们的列缅斯良卡开往前线！亲爱的人们，各人尽自己的力量吧……"

最后的几句话他勉强说出来后就用一块大

白手帕捂住嘴。一阵咳嗽后他从衣帽架上取下帽子，将它放在桌子边上。当穆库姆叔叔解开自己那件旧制服的口袋时，我立即想，他能从什么地方弄到钱呢？他家有七个孩子，其中五个一个比一个小，两个大的去打仗了。他掏出一块带链子的银怀表，放在耳朵旁听了听后就放到帽子里去了。

"20年代布琼尼在卡霍夫卡近郊奖给我的……"穆库姆叔叔喘息着长长地叹了口气，继续说道，"从那以后这只表一直连续不断地走着。让它帮助我们粉碎敌人，像我们在卡霍夫卡近郊粉碎敌人那样，把敌人沉入多雨的锡瓦什湾和黑海之中。"

我看了祖母一眼，她轻轻地点了点头，这时我从怀中取出装钱的纸包向桌前跨了一步。包里的钱不是很多，我们还没有攒够买奶牛的钱，我们都拿出来了。也许这些钱够买一枚炮弹，我们的骑手们用它们向法西斯的头部射去。

穆库姆叔叔的帽子眼看着就装满了钱。人

别担心，我的朋友

别担心，我的朋友

们把钱物倒入筐中，男人从口袋中掏出弄皱了的红红绿绿的纸币，女人摘下耳环、镶嵌宝石的戒指，从一个人的手中递到前面一个人的手中，像一条链子一样，送到桌前。我又一次看了看祖母，我的达瓦尼忍不住了，从头发中拔出自己珍贵的银梳子，在捐出去之前，手中捂着这把梳子，把它拿到眼前，好像在与它告别。谁能知道，也许，此时此刻她回想起我的祖父。许多年前她正是从他的手中接过这把梳子的。

不久以后，由加里宁签字的文件从莫斯科发到列缅斯良卡。他代表斯大林同志和最高苏维埃感谢农庄庄员捐献的钱财，并且说用这些钱制造了四辆坦克，已经送往作战部队。

遗憾的是穆库姆叔叔没能活到得知消息的这一天。有一天的晚上，他在管理委员会去世了，死在桌旁，死在自己的岗位上……

又一个冬天过去了，水珠重又敲打着屋檐，春天令人欢乐的阳光透过窗户向我们照射着。祖母和维克多利亚的女儿罗拉靠近窗户坐着，祖母教她编织战士用的手套，维克多利亚并排坐在桌旁写信。每个人的心情都很好，春天嘛！

从前线不断传来好消息。我们的骑手们竭尽全力把法西斯从国土上驱赶出去。

祖母中断编结，朝窗外看了一眼，看到瓦斯费亚背着一个沉重的粗帆布袋站在邻居家门口。

"去，孙儿，去请她来我们家，"她对我说，"把刚做好的鞋子分一双给她，再请她喝杯茶，说不定下次她会带来好消息的。"

可是瓦斯费亚自己正拐向我们的院子。我刚跳上台阶，她已经站在眼前。她手中拿的不是我们焦急等待的三角形信件，而是灰色的，一角盖了沉重的、蹭坏了印章的公文。

我的祖母一下子脸色发白，呆住了。维克多利亚身子猝然一抖坐到了椅子上。

"不，不，不接受。"勉勉强强听见祖母在说话，"瓦斯费亚，我们只是请你来喝杯茶，你走吧，别惹麻烦。"

我的祖母勇敢、坚强，总是在各方面支持别人，现在却惊慌失措。她奔向前厅，手中攥着父亲最近来的信，往刚才瓦斯费亚从那里消失的门口走去，慢慢地坐到门槛上。

这不是阵亡通知书，而是一张通知单，告知我父亲在保卫高加索的残酷战斗中失踪。

维克多利亚不断地安慰祖母，不要失望，她说我的父亲会回来的，他也许是躺在军医院里，一旦伤愈，就会告诉我们的。

但是我祖母是真正地改变了。她不与人来往，变得沉默寡言，干活时老是停在一个地方，想呀，想呀，她在想什么，只有她自己知道。

随着时间的推移，我感觉到祖母开始慢慢地打起精神来，有时同罗拉说话，称赞她毛线织得好，有时打听点什么。俗话说祸不单行，瓦斯费亚带着自己的黑包又来到我家。当她跨进我家门槛时，我的心揪住了。我首先想到的是维克多利亚的预言。大概她是对的，她是对的，我爸爸有下落了，他从军医院给我们来信了。

但是这一次是给维克多利亚的通知书。她眼睛很快地掠过阵亡者名单，大叫一声，从门槛上往后退，然后走到床前，脸朝墙躺下。她就这样不起床不动弹地躺了好几天。只有走到她跟前才能听见她火热的双唇嘟囔着"科斯嘉……科斯嘉……"她不回答我们，不看我们，更不用说吃点东西了。我祖母真的被吓住了。她几乎就没有离开过维克多利亚的床，如果要离开几分钟去弄炉子或者准备饭菜，她也要罗拉来替代她。她很为维克多利亚担心……

三

回忆往事，我常想到我们的邮递员，想念可怜的瓦斯费亚。她那少女的肩膀背着过分沉重的负荷！每个家庭都在等待她，为她的来到而高兴，同时又恨她。不管怎么说，她还是不断地给列缅斯良卡带来好消息。有一次农庄管理委员会收到来自萨拉布里斯军医院的一封信。写信的人是一名坦克手，他曾驾驶我们列缅斯良卡捐献的坦克与敌人作战。从信中得知，他在库尔斯克弧形地带的战斗中受了重伤，给撤

退到军医院，现在已经康复，准备出院了。坦克手名叫瓦西里，他在信中详细地询问有关农庄的各种事情，包括我们村子的生活。在信的末尾他写到，他认为送给他坦克的农庄就是他的家。他驾驶的这辆坦克炸毁了九辆法西斯的汽车。我们从信中也明白他受的伤是很重的，他再也上不了前线，而瓦西里的亲人们在被围困的白俄罗斯牺牲了。

在穆库姆叔叔去世之后，他的许多工作逐渐地都由祖母和维克多利亚来做。她们成了一切好事的发起人，人们有事都来和她俩商量。

晚上祖母和维克多利亚仔细地读了瓦西里的信。第二天早上祖母就到管理委员会去。

"我想，在这所军医院里，除了这个白俄罗斯人，还有许多伤员。"她直接站在门槛上把瓦西里的信递给茹里哈比利亚说，"我们应当把这个年轻人接来。他在我们捐献的坦克上作战过，在它上面受的伤。他同我们血肉相连，茹里哈比利亚，姑娘啊！他是我们的亲人，他保卫了我们。应该赶快去把他接到这里来，并且给他治疗。我们药品虽然也不算多，但是新鲜的牛奶供应一个士兵总是有的……"

茹里哈比利亚从桌旁站起来，热泪盈眶，拥抱祖母。

"亲爱的，亲爱的纳瓦尔大婶，你猜中了我的想法。我昨晚正想去和你商量……"

当天农庄就给军医院领导人发去一封信，并决定派加雅兹叔叔和我去军医院接瓦西里。当我知道这件事时，我并不感到惊讶。首先，没有人可派送，农庄里人手不够。其次，我已成为一名骑手了，我长大了。我的手臂和肩膀结实了，肌肉有力。一朵柔弱的小花在我心中绽开，我恋爱了。它是这样小心翼翼，这样突然。好像不久前，就像是昨天还和法里西娜一起玩捉迷藏，互相追赶，我可以拽她的小发辫，推她。而现在，只要一看见她，我的脸就发红，心里就跳，就像一只小兔在手心中跳似的。夜晚我躲在澡堂里，在光线昏暗的小油灯下给她写了

第一封信。信里谈的自然是星星呀，我对她的感觉呀，等等。信的末尾谈到自己的憧憬——快快长大，加入现在正把法西斯从我们的土地上赶出去的英雄骑手的行列。

四

　　我把信交给瓦斯费亚，请求她永远为我保
守秘密。接下来是长久的痛苦的等待。我几乎
每天都能见到法里西娜，但舌头不听使唤，不
能问她些什么。每次同她相见我都默不作声，
我在等待。瓦斯费亚和我现在倒像两个同谋者。
她见到我时，对我一笑，偷偷地向我使眼色：
等着吧，一切都会变得顺当的。

　　祖母让我和加雅兹叔叔带一只公鸡上路。

她把公鸡的爪子捆住，放在一只不大的篮子里。

"你们要走很长的路，"她送别我们时说，"路上没有露馅的圆饼，也没有面条，肚子饿的时候，脖子上给它一刀，放到锅里去。"

我们要走四十公里左右的路才只能到达卡马河。我们有时睡在干草垛中，有时睡在去年的麦秸里。

我得承认我好久没有吃过鸡肉了，不由自主地看了看装在篮子里的鸡和加雅兹叔叔背的叮咚作响的战士用的小锅。

"别着急，"加雅兹叔叔看见我坦率的目光，说，"干吗要先放血呢……"

路上很少遇到顺路的马车，更不用说汽车了。因此到了晚上，我们累坏了，碰到第二个干草垛我们就睡下了。每天早晨都是公鸡把我们叫醒，它对时间的感受是很准的。

"你瞧，"加雅兹叔叔说，"连闹钟也不需要了。"

但是到了最后的一个晚上，距离卡马河已

经很近的时候，我们决定把公鸡杀了。

我还没来得及解开它爪子上的绳子，它像妖精似的从篮子里跳出去，眨眼就不见了。公鸡是很聪明的，我想去追它，可往哪儿去追呢？它这时飞到一个很大的干草垛的顶上了。当我找到脚旁的一块重物向它掷去，它已无影无踪，藏到野草中去了。

轮船载满了旅客。我和加雅兹叔叔乘船沿卡马河上行，走了一天多的时间。同他在一起旅行应当说是一件很愉快的事情，他知道的各种扣人心弦的故事数不清也记不住。他只有一点不好，烟瘾很大。我简直来不及替他卷烟，我也特别不喜欢闻烟草的气味，只好忍着点！

我们的轮船像乌龟似的沿着微微有些倾斜的河岸航行，几乎在开往奇斯托波尔途中的每个浮码头都要停靠。

这时船板上出现了一位头发灰白的瘦削的男人。他和加雅兹叔叔一样穿着一件灰色军大衣，戴着一顶已经褪色的船形帽。他揽着淡黄

色头发的小姑娘，从坐在布袋上和直接坐在甲板上的旅客中走过去，在我们的身旁勉强地坐下来。这时我看到这男子是位盲人。他触摸小姑娘的发辫，要确实知道她就在旁边，然后把手提包似的黑匣子推得更靠近自己一些，原来这包里放的是手风琴。

没过多久，旅客就把盲人围住了。不用久久地求他，他已经把手风琴拿出来，手指娴熟地在键盘上滑动。在甲板上，在我们的上空很快就响起了鞑靼民歌。轮船的桨叶在水中慢慢地旋转往前驶去，民歌伴随我们航行。双目失明的战士歌喉纯正，深厚有力。旅客们不约而同地跟着唱起来。自由自在的民歌在卡马河上空飞翔，迎面而来的轮船、带大平底的拖船鸣笛向我们致意，而他们船上的旅客和水手们长久地向我们挥手。

士兵把手风琴放在双脚之间，摘下船形帽，用它擦擦汗涔涔的额头，河面上一阵阵轻风吹乱了他的灰头发。

别担心，我的朋友

"哎，真见鬼，有支烟抽就好了……"他叹了口气说。

加雅兹叔叔轻轻地推了推我，在别人掏出烟袋时我已经卷好了一支烟。一路上我又快又好地为他们卷烟。我把卷好的烟递到他手中，他微笑了，表示感谢地点点头。

"老兄，在哪条战线上打仗来着？"加雅兹叔叔走近盲人问道。

盲人并未立即回答，吸了口烟后，他伸出手来触摸加雅兹叔叔的脸。他的手指触到肩部后沿大衣的空袖滑落下来。

"应当……真见鬼，右手……"

"左手也……"加雅兹叔叔咳嗽起来，请我原谅似的看了我一眼，我递给他一支烟。

"装上一百……五十……毫米……的弹药……"加雅兹叔叔深沉地慢慢地说道，"我们已经击退敌人的进攻……直接落在你身旁，像刀砍。"

"我呢，正相反，当我们发起冲锋时，"

盲人应声道，"地雷在我的前方爆炸了，好像有什么东西把我撞倒了……醒来时已经躺在战地医院里。我觉得手脚都在，而四周一片漆黑，真见鬼……"

"是呀，老兄，你我都不好过呀……"加雅兹叔叔叹气说，"你信不，我自个儿连裤子也穿不上，脱也脱不了。"

盲人把自卷的烟灭了，小心地把它放入船形帽的翻口里。

"老兄，你瞧，你我并非白白地受了重伤，"他说，并用手去摸身边已经睡着的小女孩的头，"我们没什么可羞愧的。当有孩子在你身旁时，生活是美好的，甚至即使你是一位盲人。别担心，我的朋友……"

加雅兹叔叔和他像老朋友一样你一句我一句地渐渐谈起来。盲人叫萨发，他去奇斯特波尔办理退休手续。当他知道我们此行的目的时，热烈赞同农庄庄员的决定。他深受感动，邀请我们回程路上到他家去做客，并详细地讲解怎

样才能找到他住的村庄。

"战前同村的人叫我布拉威（意思是威武的），因为在比赛中我不止一次取得冠军。现在人家叫我瞎子。你只要打听瞎子，谁都会告诉你在哪儿能找到我。我现在看守养蜂场，有事干。说来可笑，真见鬼，一位盲看守。谢谢大家把养蜂场交给我。他们知道我家人口多，七个小孩，一个比一个小。从军医院回来后不久有了第七个小孩。那几个大的，长得很快，到那时我到哪儿去找带路人？现在我就这么干着，我还有手和脚，眼睛是没有了。孩子们不时地能从养蜂场那里得到一些蜜。不，生活还是过得去。真见鬼，当然还是要谢谢大家。"

旅客们很同情地听着萨发讲述。我在想，各自都有各自的苦衷，但是同豁达的人在一起时，他的心里会感到温暖。

在萨拉普尔码头我们同萨发叔叔和他的女儿友好地分别。我们很快就找到战地医院，值班医生带领我们到瓦西里住的病房。我们指望见到他后办完一切手续就回家，但是令我们感到十分意外的是他少了一条腿。怎么办呢？他拄着拐杖勉强能在病房里走动，而我们的路好远呀……

"我们不能把他留在这里……"当我在楼梯上替加雅兹叔叔卷烟时，他沉思地说，"离码头四十公里……只能匍匐前进，也许还能走，是吗，伊里达尔？或许可以从农机站弄辆汽车或大车。别担心，我的朋友……"

我一下子就喜欢上瓦西里了。喜欢他那张面孔，蓝灰色的富有表情的眼睛，有力的大手。其次，他和我爸爸、加雅兹叔叔一样，是我们列缅斯良卡的人。因为他用我们的坦克粉碎了法西斯。当我们告诉他我们来接他时，他非常高兴。他禁不住微笑，一只手搂着我，把我的头贴在他身上。当他放开我时，我发现他的眼角上有小泪珠。

我们坐医院的大车到达码头，傍晚已经乘船沿卡马河往下行了。这段路程对我们来说简

直是一种享受。轮船上昼夜供应开水，我们还烧茶喝，甚至还有糖呢。我和加雅兹叔叔共用同一个茶杯轮流喝茶，我先把茶杯送到他的嘴边，他喝两口，然后我咕噜地喝。因为医院发给瓦西里一份干粮供路上吃，他很快就做好夹牛肉的面包片，亲手喂加雅兹叔叔吃。

我们的痛苦是从上岸后开始的。我们既没有遇到顺路的马车，也没有汽车。为农机站运送燃料的一吨半的卡车刚从我们面前开走。在荒芜的河岸旁我的这两名伤员抽足了卷烟后，大家决定动身了。不是那么回事呀，瓦西里走上10步就摔倒了。他受不了。我们试着勉强来到树林里。我们共同努力用加雅兹叔叔打猎用的斧子给瓦西里做了一条木腿，但是这条腿也无济于事，鲜血从厚厚的绷带里渗出来，制服也被汗水湿透了，能挤出水来。几乎每隔5分钟就要休息一次。

"是呀，千万不要住到这些军医院里去……"加雅兹叔叔在树墩上坐下，喘了口气说，"我在医院里躺了近半年，我知道，度日如年啊……"

加雅兹叔叔提起这事，也许是为了让我明白瓦里西现在的处境。干吗呢？我已经全都看在眼里了。医院……看到那些残废的、受伤痛折磨的人，看上那么一个小时，你会心惊胆战。被烧焦了的脸，手脚截肢后剩下的部分，失去眼珠的眼窝……还有那不断的呻吟声。当伤病员看见我们把瓦西里接走时，他们的眼睛闪闪发光，多么羡慕地看着他离去！

是呀，这次旅行对我来说也许是一次对毅力的真正考验。我看着我们的瓦西里，我的心就紧缩起来，他多么困难，多么疼痛啊。为了不让加雅兹叔叔，特别是我，一个男孩看出来，他需要多大的力量才能做到。他用双手紧紧地抓住拐杖。看来这双拐杖一直在迸裂作响，说什么也不肯把自己装东西的袋子交给我。这时我明白了。瓦西里和加雅兹叔叔、盲人萨发大叔，他们是有着钢铁般意志的人。可以摧残、折磨这些人，但他们是不可战胜的。

我们好不容易地来到一个位于卡马河沿岸

的村子里。我们在一口水井旁停下来，喝了水，为瓦西里重新包扎好，将他留在栅栏旁，去找大车。找不到马匹，但我们还算幸运，在一个农家院子里弄到了一辆两轮的轻便小车。不管瓦西里怎样反对，我们强迫他坐上这辆车子，拉着车走了。我们停在熟悉的麦秸里过夜。刚把晚饭准备好，我们的公鸡像没发生过什么似的从草垛后面出来，它勇敢地朝我走来，还喔喔叫着。这坏蛋看来还想用公鸡的语言说点什么。

"小坏蛋，感到寂寞了……你知道，离群了……"加雅兹大叔友好地对它数落说，"好在还未落入狐狸的爪子下……"

我用面包屑喂它，一点不费力地把它装进篮子里。第二天早上我拿来锅，倒上水，想烧一锅汤请两位受苦的同伴喝。两名士兵起来捍卫这只公鸡：不许杀它。我们就这样把瓦西里接回了家，而背着这只爱唱歌的公鸡走起路来更加愉快。我把我们的公鸡完好无损地还给了祖母。

五

我们的列缅斯良卡，正像我已经说过的，之所以叫作手艺人村，是因为村里没有一个人不会手艺，没有一个人缺少自己的活儿干。于是很快就给我们的瓦西里确定了工作。茹里哈比利亚任命他当消防队长。因为战争爆发后，这个职务就一直空着。瓦西里得到一匹粗壮的老骗马，一辆带铃铛的小车，外加几只干裂的小木桶供他救火用。他的一双大手看来很想干

点活，很快就把消防工作安排好。瓦西里把青少年组成消防队，按照真正的战斗分队进行操练，在消防

队的瞭望台上 24 小时值勤。正像人们所说的，瓦西里有一双巧手。除值勤外，空余时间里他到马厩里去，整理车轭、搭背、缰绳和其他马具。不久之后，他甚至开始向列缅斯良卡村提供器皿。事情是这样的，离我们村子不远的地方发生了一起飞行事故。一批军人从喀山来到事故地点，看样子从飞机里把最重要和最值钱的东西卸走了，留下了一大堆弯弯曲曲不成形的铝合金板。于是，瓦西里就利用它们来做一些商店里早已见不到的小盆儿、小汤匙等餐具。当然邻村的马里人也拿一些木制的汤匙、浅盘子等到市场上来卖，但用不了多长时间，也许是我们这些饥肠辘辘的孩子们用自己尖锐的贪馋的牙齿把它们磨损的缘故。瓦西里做的匙子并不比工厂制造的差，

非常结实，多硬的牙齿都不怕，你爱怎么啃就怎么啃。

长话短说，瓦西里很快就习惯了新环境，成了列缅斯良卡的自己人，大家都喜欢他，习惯同他在一起，好像他不是外来人，而是一直生活在我们当中的骑手。只有我们的女邻居哈里玛使我感到惊奇。

"喂，伊里达尔，伊里达尔，我的好朋友……"她一天要到我们家来探望好几次，叹着气说，"你就不能在战地医院里挑个好点的？带来了这么个淡黄头发，鼻子像把小铁锹的人，口中像含了水似的不说话，也不笑……"

我为瓦西里感到不平，但我没有作声。哈里玛说得不对，瓦西里的鼻子长得很正常，他的脸那么好看，那么和善。

而哈里玛本人一直也没离开我家的那面镜子。我觉得她待在镜子旁的时间更长了，老是重复着她的老调：

"唉，纳瓦尔大婶，亲爱的，你看看我的

双眉，它像黑夜那么黑，你看看我的双颊，它是那么绯红，像朝霞一样。这可恶的战争什么时候结束呀？我们的骑手们什么时候回来呢？"

但是真是怪事，她说这一切的时候一点也不紧张，也没有先前的悲伤。很快我就猜着了我们伪装者女邻居的诡计。我深夜从农场回来，在卡玛什林卡小河的岸边听见她响亮的声音。我悄悄地藏入河柳丛林中，看见岸边的哈里玛，并排……你看能是谁呢？同我们长着淡黄色头发的瓦西里一样。不仅如此，他的鼻子还像一把小铁锹呢。我真想偷偷地走近他们一点，在他们的耳根下吹哨。但是我没有惊吓他们，那时我已经开始明白人世间是有爱存在的。我那时已经给哈里玛的小妹妹法里西娜寄去三封信，只是一封回信也没有。法里西娜同我见面时还和以前一样向我伸舌头，然后跑开去。这时我决定为她写一首歌。这首小歌的曲调已经在我的脑海里回旋，期待谱成曲。可是我找不到合适的词儿，这首歌的歌词要能占据她的心，要

别担心，我的朋友

能使她为她对我的情书所采取的态度感到难为情。

　　我不按顺序说下去。过了不多久，我们狡猾的女邻居哈里玛和瓦西里结婚了。战争归战争，生活还是照常进行。当久久期待的胜利到来时，他们已经有了自己的儿子了。起初他们去了瓦西里的家乡，但他们没有在那儿待多久。我们的哈里玛不适应那里的气候，更确切地说是他们在那里很困难。瓦西里的伤还没有完全长好，他除了我们之外，再没有别的什么人了。于是，他们回到列缅斯良卡来。瓦西里仍和以前一样领导着消防队。看见他，你很难相信他缺一条腿。只要发生火灾，他第一个出现在着了火的屋顶上。

六

祖母和我没有像我们所希望的那样买一只奶牛。我们买了两只羊过冬，两只活跃的母羊。现在正忙着为它们准备饲料。我们在树林中收集了一些椴树枝，把它捆好，然后一捆一捆地挂在屋檐下晾干，冬天我们的母羊就不会挨饿了。祖母和我在树林里忙来忙去时，常有一架不大的、人们将它叫作小蜻蜓的双翅飞机在我们的头顶上滑翔。祖母一直盯着它，看它飞去，惊喜地说道：

别担心，我的朋友

“孙儿，他们是多么勇敢的人啊，真正的雄鹰！父母亲为他骄傲呢。真想不到，人到了天上！现在说给我们的父辈和祖父们听，他们说什么也不会相信……这么说，人也能登到月亮上去，像童话里说的一样……”

祖母用手搭凉棚挡住阳光，看着飞机离去。

“知道吗？”她叹了口气接着说，“我多么想像鸟儿那样从天上看我们的村庄。哪怕只有一次，孙儿，你也许能这样看。我不知道有没有这样的奇迹。”

“能！”我信心十足地对她说。

她疑惑地看着我。但是我们确实相信这一时刻，相信她所说的一切，有可能！

我没有错。几年后我向自己的达瓦尼证实了这种可能性。我不会和她一辈子在一起编树皮鞋的。对一名真正的骑手来说，七十七种手艺都嫌少。七年制学校毕业后，我在农庄的铁匠铺、车库工作过，然后由农庄管理委员会派到喀山工艺学校去学习。一开始我就报名参加飞行俱乐部，开始了在课堂、在练习器上学习飞行的沸腾生活。

在学习导航学的基础知识的同时，教官培养我们树立顽强劳动、坚韧不拔的精神，并在体力上做好准备。在这之后我们学会了跳伞、驾驶滑翔机，研究 ПO-2 和雅克的发动机。

休假日回家时，我向祖母讲述了各种型号的飞机，甚至还会对她讲解空气流动的规律。她认真地听我讲，但是当我告诉她我很快就要飞行时，她不相信了。

"喂，伊里达尔，小孙儿，你在向我吹牛啦，还以为我不知道呢。"

她这样对我说，而对费克拉奶奶说的完全是另一回事。我是根据费克拉奶奶到我们家里来，多么惊喜地看着我这点感觉出来的。

"好呀，伊里达尔，你什么时候开着飞机到我们那儿来，"她充满遐想地说，"带着我们在列缅斯良卡和图古谢沃上空玩玩才好呢。就是死了也值得……"

学习飞行的时刻来到了。我们在"范围"内"沿线路"飞行，也就是沿教官多次制定的飞行教学图指定的方向飞行。我的飞行路线多次飞经我们地区的上空。为了表明是我正在飞过列缅斯良卡上空，我什么都做了，摇动机翼，向下投放灯笼，在上空挥手。可是祖母怎么也不相信。她说有人看见飞机，甚至也发现了飞行员，可是他不像是她的孙子。有什么办法呢？看来只有在村旁"迫降"了。教官自然是要责骂的。正如所说，不是完全成功，就是彻底失败。

我成功地着陆了。落在草坪上，正巧是图古谢沃和列缅斯良卡之间。很快就聚集了许多人，像春天的比武大会。列缅斯良卡人扯我的带耳机的头盔、扣钩，摸我的皮外套。他们看见是我，又不敢相信自己的眼睛。这时我的祖母跑来了。人们给她让开路，让她来到圈子里，她的小手帕一下子就叫泪水浸湿了。她没有低下头，直着腰板地站着，骄傲地看着聚集在我那老式的 ΠO-2 周围的人。

而我的眼睛无法离开法里西娜。她从自己姐姐的背后入了迷似的看着我，薄薄的蓝色三角头巾的两端在手中揉成一团。她发觉我是那么专注地看着她，和以前一样，她刚刚伸出舌尖，马上就感到不好意思，脸红了。我感到十分幸福。

　　不，我未能成为一名飞行员。随着年龄的增长，热情减退了，有了其他的兴趣。而飞行俱乐部呢？谁知道，也许我想飞行，为的是让祖母能看见我在飞，让小法里西娜感到惊奇⋯⋯

七

维克多利亚和孩子在我们那里一直住到战
争结束。她除了管理委员会和村苏维埃里的工
作外，还教农庄庄员的孩子们学音乐。那时候
我们没有钢琴，但是渐渐地能弄到吉他和曼陀
铃。1945 年初，有位因伤复员的士兵带来了缴
获的键盘式手风琴，大家经常在我家聚会，一
直坐到半夜。至今我耳边还回响着维克多利亚
优美的低音。当时发自内心的、温柔的、勇敢

的歌曲有《灯光》《蓝色头巾》《土窑》等。
但是记忆最深的一首歌是我们从前没有听过的。
我只要一闭上眼睛，好像通过云雾一样，就看
见维克多利亚抱着吉他坐在椅子边，在窗旁。
她眼睛微微眯缝着，拨弄琴弦，好像回忆起什么，
开始悠扬、沉思地唱道：

> 你还活着吗，我的老妈妈？
> 我也活着，向你致敬，致敬！
> 让傍晚难以用语言表达的亮光
> 在你的小屋上方缓缓地流淌。

我屏住呼吸听她歌唱。那歌声和歌词深深
地感动了我：

> 你亲自给我帮助，欢乐，
> 你亲自给我那难以用语言表达的亮光。

我的天哪！这不是歌唱我的祖母，歌唱她，

歌唱我亲爱的、仁慈的、战争让她变衰老的达瓦尼吗？

战后我的同乡中有的人毕业于音乐学校，其中有人甚至上了音乐学院。冲破封锁的列宁格勒的女子给我们的地区留下了怎样的纪念啊。在战时寒冷的冬天，维克多利亚用自己仁爱、无私的心温暖着我们。她尽自己的一切可能帮助我们等到胜利的到来。直到我们同她分别时，我们才知道她的名字本身就是胜利的意思。

维克多利亚在战后也没有忘记我们，我祖母经常从邮局带着包裹回来。她高兴地对邻居们说：

"从列宁格勒寄来的，我的小女儿努利亚寄来的。"

然后她就请他们来喝茶，有柠檬，有列宁格勒著名的糖果。维克多利亚几乎在每一封信中都叫祖母和我去她那儿做客。尽管我们很想念她，想念她的孩子，也想看看神话般的城市，她的故乡。可是我们却老是往后推迟。有一回已经完全准备好了，剩下的只是确定动身的日期。结果还是没走成。当时我在农业学院上二年级，因为和祖母商量好一起挖土豆，我在九月刮风的一天从学校里回来。瓦西里和哈里玛的孩子在大门旁等我，他们的男孩和女孩都已经长大了。女孩拿着篮子，男孩拿着锹，要去帮助祖母和我挖土豆。大家亲亲热热地喝完茶后，动身去菜园。

"我们打算怎样走呢，孙儿？"当我和祖母把晾在阳光下的土豆装满几个口袋时，她问道。"努利亚在最近的一封信中又催我们去了，也许到十月份吧……我想在走之前做一对柔软的枕头，我们的鹅那时也长大了，我得准备礼品。"

"是要好好想想。"我同意她说的话，到十月革命节还有的是时间。

祖母回去准备午饭，我继续挖土豆，好在身边还有好帮手在。

后来我们大家又围坐在茶炊旁喝茶，吃土

豆。有带皮的熟土豆，也有在锅里油炸的。我的达瓦尼很喜欢也很会招待人。

吃完午饭，我正准备去菜园。

"怎么头有点晕……"祖母收拾完桌子时轻声地说："两条腿突然没劲儿了。"

"大概是累了吧，"我猜想道。"你已经到地窖去了好几次了。达瓦尼，你歇着，我们自己能行。"

祖母躺在床边上向我招手。

"孙儿，同我在一起待一会儿，菜园里的活儿剩下不多了，明天能弄完。"

我紧张起来，在她身旁坐下。"也许你是想我了，"我想安慰安慰她，"不想让我离开你……"

但是她并没有好起来。她半闭着眼睛，常常喘粗气，额头上也渗出汗珠。

"我去找医生来。"

"等等，孙儿，如果我活到岁数了，难道医生还能帮得上……"

"什么叫活到岁数了？"我故意生气地反驳她说，"那谁准备去列宁格勒来着？谁来给自己的孙儿张罗结婚，谁来带他的孩子呢？不，我还没有带回孙媳妇，就没有什么'活到岁数'这一说。"

祖母什么也没回答。我不知道她是不是听见我说的话。

"我一直努力做到在这个世界上不伤害任何人……"过了一会儿勉强能听得见她在说，"努力做到不让别人受欺侮。如果能做到的，就去帮助……这样我就毫无畏惧地去到另一个世界，我在那里是不会受屈的……"

我完全不知所措。我的达瓦尼刚才还微笑着同我一起收土豆，烧茶饮，一点不幸的预兆都没有。

"我的孙儿，我对你有个请求，我最后的遗嘱……"祖母轻声地继续说下去，"你知道我们的村和图古谢沃村之间有个小泉，在交叉路口上……几乎人人都在那里歇脚、喝点冰凉

的水。你可别忘记，孙儿，每一次回家时，要在泉水旁边放上一只很好的木桶或茶碗，让每一个过路人以善良的感情用它喝水，以善良的想法想到别人……"

我没有说话，我怎么也不能从突然攫住我的发呆的状态中醒过来。泪水使我看不清她。

"请把我葬在离公路近一点的地方，好让

我感觉到你什么时候回家来。让我能够知道你身体健康，为你的成绩而高兴……"

"不！"我害怕地大叫起来，我跑上台阶，瓦西里的两个孩子在那里等我。

过了几分钟，我们农庄的医生阿尼沙赶来了。

"不要打针，好心的人们，不要白白地折

磨自己……"祖母抓住我的手小声地说,"孙儿,你的手掌和你爸爸的一样,宽大、结实。谁知道呢,也许还能找到他,他会回自己的家来,只是我看不到他了。孙儿,过去达瓦尼有什么不对的地方,请原谅吧……"

这是她最后说的话。她怎样活着,也怎样死去——庄重,面带微笑,病了不到两个小时,没有给任何人增加麻烦。

我打电报叫妈妈回来。她现在在区执行委员会担任领导工作,和先前一样,很少在家。她第二天一早乘公务车回来。她脸色苍白,瘦削。一条黑色头巾把她灰白的头发直至眼睛都盖住了。

我们把祖母安葬在离公路不远的地方,在小山丘下,在墓地阳光最充足的地方。

让傍晚难以用语言表达的亮光
在你的小屋上方缓缓地流淌。

关于这个译本

　　阿尔伯特·鲍里耶维奇·哈桑诺夫，1937 年生，是俄罗斯鞑靼自治共和国作家协会会员，杰出的文化工作者。作家除用母语写作外，还能用俄语等多种语言写作，作品也被译成多种语言出版。

　　译者有幸于 1990 年在俄国伏尔加格勒市与哈桑诺夫先生相识，并得到他赠送的俄文本中短篇小说《忠诚》。作家希望我把他的作品译成汉语，介绍给中国读者。短篇小说集《哎哟！我们吓着它了》收录了《忠诚》里的 20 个小故事，介绍人与人，人

与自然、动物、植物、鸟类的依存关系。作家希望人们保护和热爱大自然。故事中不乏各种动物的智慧，以及对人类的亲密感情。《忠诚》中的中篇小说《别担心，我的朋友》（原作品名《光辉的形象》），曾获 1990 年度《各民族友谊》杂志金奖。作家通过作品中的主人公，一位普通的农妇，带领后代子孙勤于劳动、积极生活、乐于助人的故事，来歌颂友情、亲情、爱情，歌颂勤劳、坚忍、善良，以及对祖国的忠诚等崇高的精神品质。

译本的故事发生于上世纪 40 年代，正是苏联各民族奋勇抵抗德国法西斯侵略时期，因此书中有许多词语为年轻人所不熟悉，如集体农庄、树皮鞋、苏维埃等，但并不妨碍阅读。

我曾经答应过作家尽我所能向我国读者，特别是青少年介绍鞑靼民族的朴素的优良品格。作家说对他最好的报酬就是能让中国的读者读到他的作品。我遵照作家的意愿，将故事译了出来。遗憾的是，译稿丢失。时间过去了 20 多年，未能完成作家的嘱托。今夏重新阅读所赠之书，深感有必要把这两部情节生动、富有教育意义的作品介绍给我国读者，因此不顾三伏天烈日炎炎，将该书再次译了出来，付诸出版。在此也对哈桑诺夫先生深表歉意。

2016 年夏时年八十有一于
山东济南

别担心，我的朋友